SANTA CLAUS..., EN EXCLUSIVA

SANTA CLAUS..., EN EXCLUSIVA

El verdadero sentido de la Navidad

Margarita Castillo

DEDICATORIA

Crecer, esforzarme, trabajar, crear, aprender, y servir a los demás, ha sido parte de mi vida y de mi familia. Mis hijos han sido parte de éste aprendizaje y ellos son los que me han impulsado a plasmar un mensaje de paz en las familias.

Dedico mi trabajo a mis hijos que me han dado todo su amor y me invitan ha esforzarme cada día para hacer algo mejor.

"Santa Claus…, en exclusiva"

San Nicolás de Bari
nos muestra el origen
y la riqueza de vivir amando
a cada uno de nuestros hermanos.

Contenido

Prólogo
Agradecimientos

"Santa Claus…, en exclusiva".

Prólogo

Lograr tener a tan distinguido personaje solo se debe al deseo de buscar ha alguien que nos acompañe a vivir una verdadera Navidad.

Al conocerlo nos damos cuenta que él es ejemplo de generosidad, de alegría, de entrega en estos tiempos difíciles, pero, sobre todo, es alguien que nos recuerda que el Amor nos dio vida y el Amor vive en cada uno de nosotros y esto, no es tarea fácil.

Pasaron semanas buscando quién nos llevara a vivir un tiempo especial, un tiempo de reflexión invitándonos a hacer un alto en nuestra actividad diaria, que convierte las horas en días y cuando menos acordamos, el año ha terminado.

Este gran personaje de elegante traje rojo y de mirada llena de paz vive con cada uno de nosotros, en nuestras aventuras, en nuestras dudas, en nuestros juegos, pero, ¿Qué pasa? ¿Crecí? ¿El tiempo es corto? ¿Por qué ya no siento la Navidad?

Para dar respuesta a tantas preguntas o simplemente, a mis distracciones, a venido ha este llamado, San Nicolás de Bari, quien con su caracterización de Santa Claus vuelve a despertar el sentido de la Navidad.

Escucha con atención sus respuestas, sus palabras trasmiten paz, sus gestos nos brindan una acogida que en estos tiempos necesitamos y su mirada expresiva nos habla del Amor.

San Nicolás, nos muestra el origen y la riqueza de vivir amando a cada uno de nuestros hermanos.

"Santa Claus…, en exclusiva"

Agradecimientos

"En el corazón del ser humano, solo Dios mueve los sentimientos que nacen del amor y los que nos ayudan a trabajar los talentos que se nos han dado"

Agradezco a mi esposo, su apoyo incondicional, su entrega, su amor a la familia y sus enseñanzas.

Agradezco a mis hijos que me han enseñado a crecer en amor.

Agradezco a mis papás que me enseñaron a conocer a Dios.

Agradezco a mis compañeros, y amigos del apostolado de Misa con niños donde fui creciendo en sabiduría, respeto, servicio a los demás, tolerancia, piedad, amistad. Todos ellos, grandes personas, que son luz en mi camino.

Agradezco a mi amigo, el Padre Valentín Treviño, con sus enseñanzas logró sacar de mi pensamiento tantos escritos.

Agradezco a mis grupos de amigos por vivir conmigo la magia de escribir.

Maccv

I "Santa Claus…, en exclusiva"

"Deja en el mundo algo bueno de ti"

Un día muy temprano por la mañana, el señor Vallejo se despide de su esposa y sus hijos, que aún duermen. Sale de su casa con rumbo al aeropuerto, pues tiene un importante viaje de negocios.

Llevamos algunos meses en los cuales nuestra vida ha cambiado tanto, pero bueno, el trabajo continúa y él no podía dejar de hacer este viaje.

Una vez en el avión y sentado cómodamente, el señor Vallejo se toma un tiempo para pensar y analizar los detalles de su vida, como la comida familiar que tuvo el día anterior y mientras le viene a la mente la pregunta: "¿Que voy a hacer?"

Continuando con sus pensamientos, se repite la pregunta, -¿Qué voy a hacer? y se responde así mismo: - Me queda claro que no puedo quedarme sentado esperando que el mundo salga adelante, necesito hacer algo que nos ayude a mejorar.

Ayer que estábamos en ese momento familiar, escuché la plática de José, mi hijo, que decía "la vida no es justa".

Comprendo que José es un buen chico, pero a su edad, le ha tocado vivir este nuevo estilo de vida, diferente, encerrado, con amigos a distancia y aprendiendo las clases de la escuela bajo su propia responsabilidad, pues no hay quien esté detrás de él y por lo mismo, sus constantes quejas nunca terminan. Mientras que mi hija Miranda, de tan solo ocho años, nos dio una lección, pues con sus sabios pensamientos me hizo ver algo, que en serio me sorprendió, al comentarle a su hermano: "Sabes José, yo también tengo que hacer cosas diferentes, pero dice mi maestra que repelando no vamos a llegar a hacer nada, mejor pinta, graba tus canciones, *has algo que deje en el mundo algo bueno de ti*, y ella tiene toda la razón".

Ahora me pregunto ¿Qué puedo hacer yo que soy periodista? ¿Qué puedo hacer yo para dejar algo bueno en este mundo? - Así continúan los pensamientos del Sr. Vallejo y en un abrir y cerrar de ojos, mientras trata por un instante de conciliar el sueño, viene a su mente un pensamiento: - Creo que tengo que buscar hacer una buena entrevista, llevar al público ha alguien que nos ayude a cambiar, a pensar, y nos haga vivir dando sentido a la misma vida -

Este pensamiento hizo que el Sr. Vallejo acomodara su mesa en el asiento del avión para comenzar a trabajar, tomó su celular y se dispuso ha escribir algunas notas sobre las ideas que le venían a su mente, mientras continuaba sus pensamientos, decía para sí mismo, - Si realizamos una entrevista exclusiva, tendremos que buscar que las personas escuchen algo que los haga disfrutar de la vida -.

Entre sus notas, escribe los nombres de tres personas, quién por su personalidad, logros y trayectoria de vida, podrían ser potenciales opciones para entrevistar. Sin embargo, después de pensar un poco, se está imaginando, por lo que mejor toma un momento de descanso

y cierra da cuenta que ninguno de ellos le convence para lograr el resultado que sus ojos.

Minutos más tarde se escucha el aviso donde indican que el avión ha llegado su destino y el aterrizaje provoca que el señor Vallejo despierte repentinamente. El avión se ha detenido en la terminal, él toma sus cosas y se prepara para descender junto con los demás pasajeros.

El vuelo ha sido largo y cansado, por lo que el Sr. Vallejo se dirige al taxi que lo espera para llevarlo a su hotel.

Durante el recorrido por la ciudad, observa las tiendas y su decoración. Una de ellas llama en especial su atención, por lo que pide al chofer del taxi detenerse. Baja del auto y mirando detenidamente el bello aparador, logra que esas imágenes iluminen su pensamiento mientras se dice: - ¡Eso es! para realizar una gran entrevista necesito invitar ¡a una gran persona! -. Al continuar mirando el aparador, confirma lo que ha venido pensando y se dice: - ¡Sí! ¡eso es lo que quiero! Ahora le pediré a mi secretaria que me consiga el teléfono de esta persona y así haré los trámites necesarios. El señor Vallejo regresa muy contento al auto y con un gesto amable, da instrucciones al chofer para que continué el viaje mientras anota en su teléfono toda clase de ideas que le ayudarán a preparar la entrevista.

Días más tarde, recibe respuesta de su secretaria con los datos de contacto de esta persona especial. Rápidamente se dispone a marcarle y después de varios intentos, consigue agendar la "entrevista exclusiva" para dentro de unas semanas. Momentos más tarde, envía un mensaje a su secretaria para que contacte a la señorita Adriana, reportera del canal, para que, a través de un memorándum, le pida encargarse de la próxima exclusiva.

A la mañana siguiente, la señorita Adriana regresa a la oficina después de resolver algunos pendientes, y encuentra el memorándum en su escritorio.

Memorándum:

Estimada señorita Adriana

Esperando que se encuentre muy bien. Le comunico que acabamos de agendar una "entrevista en exclusiva" con una persona muy importante.
Gracias a su desempeño, se le ha escogido para realizar la entrevista y coordinar al equipo de trabajo. En el nuevo Set de grabación encontrará todo lo necesario y estará a su a su disposición.
Esperamos contar con usted para esta importante tarea. En unos días, estaré de regreso y podremos platicar.
¡Que disfruten mucho éste trabajo!

Atte.
Lic. Roberto Vallejo

La señorita Adriana se da tiempo para leerlo y dice: creo que la empresa es amable al destacar mi trabajo, pero que raro, es la primera vez que me indican esta frase, "que lo disfrute", ¡mmm! ¿por qué será? es curioso, me intriga saber a quién vamos ha entrevistar, pero bueno, el jefe está de viaje, mejor esperaré unos días para platicar con él.

Estimado (a) lector:

Una divertida tarea para completar.

La encontrarás en el Anexo I, página 48, Actividad 1.

Te invito a realizarla.

II "Santa Claus…, en exclusiva"

"Deja en el mundo un mensaje de Amor"

Los siguientes días la señorita Adriana continua con su trabajo, el ir y venir de pendientes y reportajes por terminar la han mantenido muy ocupada. Sin embargo, el día de ayer le informaron que el jefe estará de regreso a la mañana siguiente y esto la pone en alerta y piensa: -Mañana llegaré temprano a la oficina para hablar con el jefe, llevaré las carpetas de pendientes que tenemos, ¡ah! y unas tazas de nuestro rico café-.

A la mañana siguiente, la señorita Adriana se dirige a la oficina de su jefe. En la puerta se muestra una pequeña placa de metal que dice Lic. Roberto Vallejo, Editor en Jefe, una persona qué con su amplia trayectoria, se ha convertido en un líder en la industria, que le han hecho acreedor a múltiples premios a nivel internacionales.

Después de tocar a la puerta, se acerca al escritorio de su jefe para dejarle la taza de café, mientras el Sr. Vallejo termina una llamada. Entonces la señorita Adriana prosigue: ¡Buenos días señor Vallejo! ¿Qué tal su viaje?, -Todo muy bien, fue un viaje muy productivo -, responde el Sr. Vallejo y la Srita. Adriana, continúa: - Me gustaría platicar con usted acerca de estos pendientes y definir los puntos para la entrevista que me comento en el memo que me hizo llegar con su secretaria hace unos días -.

El jefe se pone de pie, toma las carpetas, revisa los avances de los pendientes mientras camina por su oficina. Al terminar, se acomoda en su sillón y dice: - El avance de los trabajos, va muy bien, gracias por su esfuerzo.

Ahora platicaremos lo de la entrevista. Estoy muy contento porque por fin conseguí autorización para lograr un reportaje especial, ¡Qué digo!, más bien, es ¡un reportaje exclusivo! Platiqué el proyecto a los jefes hace unos días, aprovechando que me encontraba en las oficinas generales y fue aceptado, pero se me han pedido que sea "un proyecto confidencial", lo único que le puedo decir es *que dejaremos en el mundo un mensaje de amor.* También le puedo decir, que, por sus habilidades, usted es la persona indicada para cubrir este reportaje. En unos días le daré más instrucciones. Por favor continúe su trabajo y gracias por el café-. Con una leve sonrisa en su rostro y sin decir nada, la reportera recoge las carpetas de pendientes y sale de la oficina.

Ahora que el jefe se ha quedado solo, mira su reloj, se acomoda sus antiguos lentes y revisa sus apuntes y con un gesto de alegría levanta su rostro y se dice afirmando: ¡Estamos listos!, la hora se aproxima, por fin tendremos nuestra *¡Gran Entrevista Exclusiva!* Estoy seguro que será todo un éxito. Llevar en exclusiva un reportaje con semejante personaje es un gran honor, que me hace verdaderamente feliz.

Definir quién sería la persona indicada y conseguir una entrevista, no ha sido nada fácil por lo que quiero que todo quede perfecto y fue buena idea pedir al departamento de Producción que preparara algo especial. Su respuesta fue rápida y dejaron aquí en mi oficina, este precioso libro que trae un hermoso herraje y contiene las preguntas para la entrevista, quedo muy bonito el libro, ¡se lucieron! Ahora guardaré esto en mi gaveta mientras se ocupa -.

Unas semanas más tarde el jefe se presenta inquieto a las oficinas, el día de la entrevista ha llegado. El jefe, un hombre alto, de poco cabello, quien gusta hacer ejercicio, vestir ropa cómoda y estar bien presentado para la ocasión. Ahora lo vemos caminando de una oficina a otra, saluda al personal y pregunta: - ¡Bonito día!, ¿Dónde está la señorita Adriana? -. Al no tener respuesta, eleva el tono de su voz y dice nuevamente: - ¿Dónde está? - .

La voz fuerte de su jefe alerta a la reportera, ya que se escucha en todo el piso. Ella sabe que la buscan, tan pronto termina la llamada que atendía, se pone de pie, desliza su mano por entre sus obscuros y largos cabellos, y dice alzando la voz: - ¡Ya voy, jefe! estaba terminando una llamada.

Al encontrarse con su jefe, le comenta: - Señor, todo está preparado en el set de grabación. ¡No se preocupe! hemos realizado tantas entrevistas que todo va a salir bien, estoy segura -.

. El jefe escucha a la reportera y dice: - precisamente por eso necesito que hablemos. Por favor pasa a mi oficina -. Ambos entran a la oficina y toman asiento, esto ayuda a la reportera a darse cuenta de la trascendencia de este evento.

El jefe toma la palabra y le dice: - Por fin, ha llegado el día de la entrevista. Como usted sabe, todo se ha manejado de manera confidencial. Es muy importante comprender que la misión de esta entrevista es muy relevante, ya que nos llevará a recobrar el ¡Verdadero sentido de la Navidad! -.

Después de una pausa, saca de la bolsa de su camisa una hermosa tarjeta navideña que muestra a la reportera.

La señorita Adriana presta toda su atención a la tarjeta, su rostro se llena de alegría y exclama: - ¡Oh! ¡Ya comprendo!   Entonces, ¿Cómo? ¿Acaso me está diciendo que el invitado es…? -.

El jefe la interrumpe antes de que termine la pregunta, le hace una señal de que guarde silencio y le dice: - ¡Shhh! por favor, no diga nada, nos ha pedido que se maneje con cierta seriedad, y lo más importante, se le sigue dando un trato confidencial -.

Después de analizar el mensaje del Sr. Vallejo responde: - ¡no se preocupe jefe!, no necesita decirme más, será un honor poder entrevistar a esa persona tan especial. ¡Sé que tengo una gran responsabilidad! Solo dígame, ¿Cuáles serán las preguntas que le realizaré? -.

El jefe abre el cajón superior de su escritorio y mostrándole el libro con el hermoso herraje, le dice: - Aquí están, el departamento de Producción ha preparado este hermoso libro de trabajo para la entrevista -.

Mientras el jefe y la reportera mantienen su conversación, a lo lejos se escucha el ligero sonido de una campana, ¡tin, tin, tan, tan!

Ellos detienen su conversación, cruzan la mirada y con emoción exclaman al mismo tiempo: ¡El invitado ha llegado! Ambos salen de la oficina, y el jefe se dirige a la Sala de Recepción, ubicada en el primer piso, donde se encuentra el invitado. El distinguido invitado ha llegado y lo acompaña su secretario particular. El Sr. Vallejo da la bienvenida a los estudios y lo lleva a la sala de Maquillaje, donde el personal lo preparara para la entrevista.

El personal del departamento de maquillaje se sorprende al ver entrar al invitado, lo que provoca un gran silencio en la sala. Ellos están acostumbrados a tratar con artistas, políticos, futbolistas, entre otros, pero nunca se imaginaron tener a tan distinguido invitado. Las ropas que utiliza son muy especiales y llaman mucho la atención por su peculiar color rojo. El señor viste un pantalón grande y cómodo que cae dentro de sus negras botas, las cuales están un poco desgastadas por el uso, pero que le han servido para caminar hasta en la nieve. Viste un saco abrigador que se ajusta a la altura de su cintura por un gran cinto negro con hebilla dorada. Su atuendo se acompaña de una larga y abrigadora capa. Mientras que su rostro es iluminado por su abundante cabello, blanco y rizado y sus limpias barbas blancas y utiliza unos diminutos lentes que hacen de su mirada un lugar de paz.

Al terminar de maquillarlo, su secretario particular coloca sobre su cabeza la mitra, que es un gorro alto que cubre su cabeza y que indica su jerarquía en la Iglesia Católica, el señor es un "Obispo". Después de un poco de saludos y plática, el invitado agradece la ayuda y se retira para dirigirse al set de grabación.

Mientras sucede todo esto, la reportera recoge el libro de trabajo y se da prisa en llegar al Set, el asistente de cámara da las últimas indicaciones y el personal de mobiliario termina de sacudir la madera de los sillones que ocupará el invitado.

Estimado (a) lector:

Una divertida tarea para ti. La encontrarás en el Anexo I, página 49, Actividad II.

Te invito a realizarla.

III "Santa Claus…, en exclusiva"

"Deja en el mundo tú generosidad"

Con todo listo para dar inicio a la entrevista, la iluminación robótica del set, previamente programada, se enciende para dar entrada al invitado especial quien es dirigido por su secretario. El secretario personal es un simpático personaje de grandes y extrañas orejas que utiliza un traje verde con cuello rojo que se ajusta a su cintura por un cinturón, usa zapatillas puntiagudas de color café que adorna con un cascabel que hace ruido al caminar. Sus manos están cubiertas por unos guantes de lana de color verde. En su cabeza lleva un gorro también de color verde, con mota roja y su nombre es Shinny.

Con el toque de la campana, su secretario particular Shinny, avisa que el invitado se acerca, ¡tin, tin, tan, tan!

La señorita Adriana se pone de pie para recibir al invitado. Ella está muy contenta y agradecida de poder hacer un trabajo que le gusta mucho y donde puede conocer a personas muy importantes. Al estar frente al invitado, lo invita a tomar asiento e inicia la **"Entrevista exclusiva"**.

Estimado público, como cada año, Producciones MAC TV su Canal lleva un reportaje especial para usted y su familia y este año tenemos el honor de tener un invitado muy especial para esta gran Entrevista exclusiva.

Señor, ¡Bienvenido a Producciones MAC TV su Canal! Estamos muy contentos y agradecidos que haya aceptado esta entrevista. Soy Adriana y se me ha pedido ser la reportera de esta entrevista.

Su visita nos llena de alegría pues en estos últimos meses hemos tenido tiempos difíciles, las preocupaciones familiares han aumentado, los cambios de clima nos confunden y me imagino, que, ha de estar enterado, que el mundo ha sufrido de muchas enfermedades, pero una de ellas, el Covid 19, es un virus que se presentó repentinamente y paralizó al mundo y poco a poco hemos tenido que cambiar nuestras formas de vida, pero sin embargo, nuestras familias, nuestros amigos, y nuestros niños se mantienen de pie tratando de cumplir cada uno con sus obligaciones, es por eso, que hacer esta entrevista me pone muy contenta porque sé que nos ayudará mucho.

Recibí del Departamento de Producción éste hermoso libro donde se encuentran preguntas importantes, por lo que le pido estirar estos cordones para dar inicio a nuestra entrevista que estoy segura, nos ayudará ha encontrar ¡**el verdadero sentido de la Navidad!**

Después de abrir nuestro libro de trabajo, tenemos nuestra Primer pregunta. Señor, sabemos que usted es una persona muy importante, pero también sabemos que tiene un nombre muy peculiar. Nos podría decir: **¿Cómo le gusta que le llamen? –**

El simpático e interesante invitado responde con un alegre sonido que sale de su risa: - ¡Jo! ¡Jo! ¡Jo! - y continua: - Es un placer estar aquí, en este distinguido lugar, me informaron que mandaron remodelar todo para esta entrevista, pues les diré que todo ha quedado ¡muy bonito! y moderno. ¡Mira esos robots! creo que así se les llama, ¡Como se mueven e iluminan todas las áreas! ¡es muy interesante estar aquí y conocer esta nueva tecnología!

Ahora bien, respondiendo a su pregunta, les diré, en algunos lugares me dicen Papá Noel en otros lugares me conocen como Hombre de la Navidad, Santa Claus o Viejo Pascuero, también me llaman San Nicolás, pero mi verdadero nombre es Nikolaus.

Nací hace muchos años, en un lugarcito de Licia en Turquía, más tarde me hice sacerdote y pasado algunos años, fui nombrado obispo en la ciudad de Mira, que también está en Turquía.

Unos años después, en 1807, algunos católicos llevaron mis restos a Bari en Italia, por eso también me dicen: San Nicolás de Bari -.

La reportera que está muy atenta, continúa la entrevista y dice: - Entonces amigos, estamos platicando con el señor Obispo, San Nicolás de Bari -, a lo que el responde: - Así es, señorita -. - ¡Muy bien! -, responde ella y continúa: - Señor Nicolás, la siguiente pregunta nos causa mucha curiosidad, por favor dígame: **¿Por qué acostumbra dar tantos dulces, monedas, regalos a la gente? -**

San Nicolás se apresura a responder diciendo: - ¡permítame, permítame tantito! Déjeme aclarar esto: "Yo doy tantos regalos a la gente que lo necesita". De mi mamá aprendí a ser generoso, aprendí a vivir dando al otro el pan para comer, aprendí a dar mi tiempo, también de niño aprendí a visitar enfermos. Mi mamá me enseñó que somos felices cuando nos damos a los demás y les diré algo: **Quién ejerce el amor al prójimo desde el amor a Dios, recibe "gracias".** La reportera, quien lo ha escuchado atentamente, le dice: -Entonces usted dice que:

1) Visitar a los enfermos
2) Dar de comer al hambriento
3) Dar de beber al sediento
4) Dar posada al peregrino
5) Vestir al desnudo
6) Visitar a los presos
7) Enterrar a los difuntos

Oiga Señor Nicolás, ¿esas son las Obras de Misericordia? ¿Verdad? - y mientras él señor sonríe, ella continúa: -Ahora las recuerdo. Sabe, mi mamá me las enseñó desde que era niña -. Entonces el señor Nicolás responde: - así es Adriana, tu mamá te las enseño desde que eras una niña para que **dejes al mundo tú generosidad** -. Ambos se miran y en complicidad, el Señor le guiñe un ojo y se ríen.

La reportera hace una pausa y observa el rostro del San Nicolás y logra ver algo en su mirada y se dice: - ¡No sé! pero, la mirada del señor Nicolás, me hacen sentir muy especial, ¡esa mirada es mágica! ¡Bondadosa!, ¡trasmite mucha paz! pero bueno, vamos a continuar.

Con todo esto que me está platicando, debo entender que, para "Ser feliz", ¿hay que vivir las Obras de Misericordia que Jesús nos enseñó? - y entonces, sin dejar de responder al señor, la reportera se dirige al público y comenta: - ¿Escucharon amigos? Desde el Set de grabación de Producciones MAC TV su Canal, nos encontramos en la "Entrevista exclusiva con San Nicolás de Bari que hoy nos viene a recordar "que hay que vivir siendo generosos" -.

El señor Nicolás, que ha tomado mucha confianza en este lugar, interrumpe y dice: - ***¡Vivir siendo generosos y alegres, es lo que nos llevará a tener una hermosa Navidad!*** ¡Jo! ¡Jo! ¡Jo!

El personal del set se queda en silencio, mientras la mirada y las palabras mágicas del invitado especial los deja pensativos, pues el mensaje de hoy nos invita a reflexionar. Después de este breve silencio, la reportera hace uso de su experiencia y habilidades y prefiere dar por terminado la entrevista diciendo: - Señor Nicolás por el día de hoy, hemos resuelto nuestra siguiente Actividad: "Vivir siendo generosos y alegres"

Ha sido un placer tenerlo entre nosotros, nos vemos mañana para continuar con nuestra entrevista.

¡Muchas gracias!

El secretario particular se adelanta para dar sonido a su campana, ¡tin, tin, tan, tan! y San Nicolás se despide y sale del set de grabación.

Entonces se escucha en el set la voz del director de cámaras, que dice: "Corten y se graba". Posteriormente, todo el personal se despide y las luces del set de grabación se apagan.

Estimado lector (a):

Una divertida tarea para ti.

La encontrarás en el Anexo I, página 50, Actividad III.

Te invito a realizarla.

IV *"Santa Claus…, en exclusiva"*

"Dejar en el mundo la fuerza de tú Oración"

La reportera Adriana da inicio a la entrevista: - Producciones MAC TV su Canal les da la bienvenida! Estoy muy emocionada porque el día de hoy, se nos han dado indicaciones para que la entrevista con San Nicolás sea diferente por lo cual, mi equipo y yo, nos dirigimos a un lugar muy especial para continuar con el reportaje. ¡Qué emoción! hemos sido invitados a vivir un día de trabajo con el señor Nicolás en su casa, ¡Qué gran oportunidad! -

Momentos más tarde, llega por ellos un auto grande, de color negro, con asientos muy cómodos. La reportera y el camarógrafo suben al auto para dirigirse a su destino. Después de trasladarse por un rato, la reportera mira por las ventanillas tratando de reconocer el lugar donde se encuentra, pero no alcanza a ver nada. El auto se detiene, el chofer sale del vehículo, abre la puerta e invita a los pasajeros a bajar y les dice: - hemos llegado -.

Al bajar del auto, la mirada de la reportera se cruza con unas grandes montañas nevadas y bellos pinos verdes de diferentes tonalidades, que la cautivan y dice: - Estimados amigos, les comento que tan hermoso es este lugar que me gustaría llevarme esta imagen a casa. Adriana les reporta desde esta hermosa propiedad -.

Él chofer ayuda al camarógrafo a bajar el equipo y mientras caminan por la propiedad, el chofer nos platica del recinto que está al centro del jardín, es el Planetario de San Nicolás, en el que se observa un enorme ventanal con terminaciones de madera y que en su interior se encuentra un gran telescopio desde donde se puede ver el planeta Tierra.

Mientras la reportera piensa: - ¿La tierra? que extraño. La verdad, no sé dónde estamos. El viaje no fue largo, o tal vez me quede dormida, ¡ups!   Bueno, por ahora sé que estamos dentro de las instalaciones de la casa del señor Nicolás todo aquí es mágico" -.

La reportera continua el recorrido hasta toparse con una hermosa puerta de madera tallada con dos elfos que les dan la bienvenida. Mientras esperan unos momentos, se acercan a la puerta un simpático y ocurrente duende que después de saludar, dice llamarse Pepper. El abre las grandes puertas con un poco de esfuerzo y los invita ha entrar.

La reportera y el camarógrafo siguen al Pepper a través de un largo pasillo. Como a mitad de camino, observa que a lo lejos unos establos donde se encuentran unos fuertes y enormes renos con grandes astas en sus cabezas y se pregunta: - ¿acaso son los renos de….?, ¡no sé! -, y mejor guarda silencio mientras continua caminando por el pasillo.

Al pasar por los jardines interiores de la casa, algo llama la atención de la reportera: - ¡Mmmm! que agradable olor, creo que percibo un rico aroma a manzana y canela que me hace recordar la casa de mis abuelos, donde toda la familia se reúne en las fechas navideñas a platicar, comer y divertirse -.

El silencio de la entrada se pierde al escuchar una bella melodía navideña desde una habitación donde se puede observar que los pisos relucientes hacen destacar los muebles antiguos.

El señor Nicolás sale de esa habitación, que, al parecer, es la oficina donde trabaja. Los recibe amablemente inclinando su cabeza y brindando una amplia sonrisa que los hace sentir en casa. Es entonces que el duende Pepper les indica donde pueden instalar el equipo y se despide, pero antes de retirarse, les hace un gesto de silencio con su mano.

-Ahora guardaremos silencio para no interrumpir el trabajo del Señor, pero continuaré informándoles lo que suceda –, dice la reportera.

En esta ocasión, el señor Nicolás utiliza ropa cómoda de trabajo, con un traje de tela acolchonado en color rojo, pantalón holgado, amplio saco, junto con unos grandes zapatos, de descanso, ya que sus botas gruesas se encuentran en la entrada de la casa.

Para calentar sus manos, utiliza unos guantes abrigadores que le permiten sacar sus blancos dedos por los orificios, y para su cabeza utiliza un simpático gorro de color rojo con una cintilla blanca alrededor y una gran borla blanca en la punta, echada hacia un lado de su rostro.

Mientras la reportera termina los comentarios iniciales de la entrevista del día de hoy, San Nicolás está leyendo su periódico, a un lado de la chimenea que se encuentra encendida, está sentado en un gran sillón de color dorado que está colocado frente a un hermoso escritorio lleno de pequeños cajones, cada uno de los cuales está destinado a un país. ¡Wow! Nunca me hubiera imaginado que así trabaja mejor, que ordenado-

Instantes más tarde, su secretario particular llega a la habitación, - ¡Miren es Shinny, él mismo duende que nos visitó en él set de grabación, quien ahora viene acompañado por dos compañeros duendecillos -, dice la reportera y agrega: - Ellos entran a la oficina arrastrando un enorme y pesado costal de terciopelo rojo y me pregunto, ¿qué habrá dentro el costal? -. El secretario particular trae en su mano un plato con pastel y adornado con una vela que deja en una pequeña mesa en el rincón del salón.

Sin distraerse de su lectura, el señor Nicolás extiende su brazo sobre él escritorio y mueve sus dedos como buscando algo. Al no encontrarlo, golpea levemente el escritorio con los nudillos de su mano y tomando una campanita toca ¡tin, tin, tan, tan! Entonces su secretario responde: - Un momento señor, aprovecho al interrumpir su lectura para comentarle que una rica taza de chococolate calientito con ricos bombones de almendra, ha sido entregada a nuestros invitados reporteros y ya lo están disfrutando, y para usted, le traje su vasito de leche tibia y este pastelito relleno de pistache que sé que le gusta, le coloque una vela para festejar su cumpleaños -. Entonces todos los ayudantes comienzan a cantar:

¡Estas son las mañanitas que cantamos hoy a usted!
¡Hoy por ser 6 de diciembre, día de su aniversario,
se las cantamos a usted!, ¡tan, tan!

-Que le haga mucho provecho Señor, ya no le interrumpo más -, concluye su secretario, quien vuelve a sus tareas en silencio.

La reportera continua – Estimado público, soy Adriana, de Producciones MAC TV su Canal, llevando a ustedes ésta gran entrevista y el día de hoy lo hacemos desde la casa de San Nicolás de Bari, que festeja su aniversario, continuamos -.

El secretario voltea a ver si a su jefe le gustó su festejo de cumpleaños, pero Santa Claus solo baja un poco su periódico, observa el pequeño pastel, pero la lectura está más interesante y sigue leyendo hasta reírse. ¡Jo! ¡Jo! ¡Jo!

El secretario escucha la risa de Santa y le dice: - ¡no entiendo señor!, las noticias de su periódico lo deberían poner triste, conmocionado y usted solo se ríe ¡Jo! ¡Jo! ¡Jo! -.

Su secretario se pone nervioso ante sus atrevidos comentarios, pero continúa diciendo: - ¡No señor! no me lo tome a mal, lo que pasa es lo que le digo, con tantas feas noticias de los periódicos: pleitos, violencia, separaciones, enojos, usted se ríe, ¡Jo! ¡Jo! ¡Jo! ¿Cómo es eso?

Santa Claus responde a su secretario: - ¡Ah! mi estimado amigo, ahora ¿me estas imitado? -, y continúa diciendo: - ¡No querido secretario!, este no es un periódico normal, ¡es mi periódico especial! y a mi periódico solo llegan noticias de las personas que hacen buenos actos. ¡Mira! ¡Fíjate! -. El secretario particular, aprovecha para acercarse a su jefe. Él está intrigado por lo que Santa Claus le acaba de decir y se pone a leer el periódico especial en voz alta. - A ver, aquí dice que el señor Vásquez y su familia siguen el consejo de San Nicolás y esta semana visitaron a enfermos en el hospital. ¡Oh!, a ver aquí hay otra nota que dice: el niño Carlos y su mamá regalaron ropa y comida a sus vecinos de las colonias que están a las orillas de la ciudad, porque con las lluvias, sus casas se llenaron de agua -. - ¡Ah! ya entiendo, ¡ya entiendo jefe! - exclama Shinny y agrega: - así es como San Nicolás, o sea, usted, se da cuenta de que personas se portan bien y que personas se portan mal -. Él señor Nicolás se divierte con las ocurrencias de su secretario y le dice: - pero ¡qué cosas dices mi pequeño ayudante! Estas noticias me enseñan que **LAS ACCIONES HECHAS CON AMOR SON REFLEJO DEL AMOR DE DIOS QUE EXISTE EN EL MUNDO.** Ahora dime ¿Cómo va la petición de regalos? -. El secretario se pone más que contento y sus compañeros duendecillos pegan de brincos. Entonces la reportera comenta: - Este tema de los regalos veo que les gusta mucho - y tomando la palabra el secretario, responde: - Fíjese señor la cantidad de cartas que le han llegado. Tenemos varios costales llenos de ellas y las vamos a ir contabilizando en su computadora, pero le quiero comentar que nos damos cuenta de que la mayoría de **los niños piden por la paz del mundo** y me pregunto: ¿Dónde vas a encontrar tanta Paz? -. Mientras San Nicolás se prepara para responder, la reportera interrumpe y exclama: - Que extraño, esa es la pregunta de nuestro libro de trabajo. Bueno ahora que el secretario particular ha hecho la pregunta, vamos a escuchar la respuesta del señor Nicolás -.

La cámara enfoca el rostro de San Nicolás, quien respira tranquilamente, y con su acostumbrada risa dice: - ¡Jo! ¡Jo! ¡Jo! **"La Paz que necesitamos la encontraremos en la unión de nuestras familias, pero sin olvidar, que la Oración nos da a cada uno la tranquilidad que necesitamos".**
El señor hace una pausa y continúa: - ¡Que mejor que invocar a la madre de Dios, a la Virgen María, la Reina de la paz! Ella nos defenderá de todo mal -.
La respuesta de San Nicolás tiene a todos atentos y su secretario le dice: -Tiene usted razón Señor, ahora mismo escribiré un comunicado a todos mis amigos, a los papás y a los niños, para qué en su actividad puedan invocar a nuestra hermosa Señora -. A San Nicolás le da gusto la respuesta de su secretario y mirando su reloj, nos dice: - Ahora me retiro a descansar, pronto tendré que hacer un largo viaje. ¡Hasta pronto mis queridos invitados! -. Su

secretario se pone de pie y le dice: - Señor, en un momento estoy con usted, voy a despedir a los invitados -. El secretario acompaña a la puerta a la Srita. Adriana y el camarógrafo y les dice: - ¿Escucharon amigos lo que pide el señor Nicolás? Él nos invita a "Ser noticia" y poder salir en su periódico solo por hacer Buenas Obras todos los días. Ahora es momento de que regresen, el chofer, los espera. Muchas gracias por su visita, ¡nos vemos pronto! -.

La reportera aprovecha un último momento en la casa de San Nicolas para enviar un mensaje a los televidentes y dice: Estimados Amigos el día de hoy terminamos este capítulo desde la casa de San Nicolás, recordando el mensaje tan importante que nos dio: **la Oración en familia nos dará la tranquilidad que cada uno necesitamos"** -.

Al cerrarse las puertas de la casa, la reportera dirige un mensaje especial: - ¡Estoy sorprendida! Hemos vivido momentos muy especiales con este reportaje, lo vivido aquí, en esta casa tan especial, me da la seguridad y les comunico que éste tranquilo y amable señor, que tiene una mirada llena de paz y una original carcajada, definitivamente ¡es Santa Claus!

Los invitamos a seguir pendientes de nuestro programa "**Santa Claus..., en exclusiva" -.** - Corten, terminamos, se queda grabado -, dice el camarógrafo a la reportera y ella responde: - Muchas gracias. Ahora de regreso al set, tenemos mucho que platicar, esto ha sido una gran experiencia que nunca olvidaré -.

Estimado lector (a):

Una divertida tarea para ti.

La encontrarás en el Anexo I, página 51, Actividad IV.

Te invito a realizarla.

Oración

V "Santa Claus… en exclusiva"

"Deja en el mundo tú regalo de amor"

Días más tarde, la señorita Adriana se encuentra en el set de grabación lista para tener un tercer encuentro con el importante personaje, San Nicolás de Bari, mejor conocido como Santa Claus.

Sin perder tiempo, evalúa lo que ha aprendido con esta entrevista y se dice pensando en voz alta: - ¿Por qué me tocaría a mí conocer a tan simpático personaje? No lo entiendo, aunque la época navideña me gusta, las luces, la música, los regalos, la comida, el ir y venir de la gente de prisa por las compras, uno que otro abrazo y ¡ya! pasa la temporada y todo vuelve a la normalidad. ¿Qué me pasará? hace mucho que no me sentía tan bien con este tema de Navidad.

Este señor primero me señala que debo ¡Ser feliz! y me dice que para lograrlo debo ser generoso y alegre practicando las Obras de Misericordia que me enseñó mamá, me ha enseñado él valor de los regalos y eso de rezar, ya lo había olvidado, pero me ha quedado claro. Entonces, para poder tener paz en mi corazón, definitivamente tengo que pedirlo a la Señora de la Paz, la madre de Dios.

Es curioso, pero pensándolo bien, creo que este señor nos está mostrando cual es el verdadero sentido que debe tener la Navidad -.

¡Tin, tin, tan, tan! El sonido de la campana interrumpe su reflexión pues anuncia la llegada de San Nicolás.

La reportera se levanta y se dirige a él diciendo: -Adelante Señor, es un gusto tenerlo nuevamente en éste hermoso set -.

Este día, San Nicolás se ha presentado muy arreglado para la ocasión, con su atuendo de Obispo. Su traje color rojo, sus botas y su gorra especial, que conocemos como mitra.

Antes de continuar con la entrevista, la señorita Adriana hace una pausa para dar tiempo a que Shinny, su secretario, entregue al Señor Nicolás algo que le pidió con una seña particular. El secretario particular introduce su mano en el costal rojo que acompaña su traje y saca de él una simpática gorra de color roja con una mota blanca, como la que usaba en su casa.

La reportera muestra alegría y le dice en confianza: - ¡Tú si sabes Santa! -. Al darse cuenta de la frase que uso, corrige pensando en que pudiera tomarlo como falta de respeto y dice: - ¡Oh! Perdón, debí decir, Señor de Bari -. Entonces Santa Claus, guiñé su ojo, se ríe y dice: - ¡Tú si sabes mi niña! esta es mi gorra preferida, ¡Jo! ¡Jo! ¡Jo! -

Ahora la reportera sonríe y comienza la entrevista diciendo: Estimados amigos, Producciones MAC TV su Canal, recibe en su estudio de grabación a Santa Claus -. El Señor se emociona y responde al comentario de la reportera: - Gracias, muchas gracias por recibirme. ¡Este lugar está hermoso! ¡Qué bien se siente estar aquí platicando con todos ustedes! ¡Oh! pero veo que en esta ocasión tenemos a muchos niños interesados en aprender y muchos papás interesados en vivir en sus casas el nacimiento del Niño Jesús -.

La reportera comenta: - los niños aquí presentes, son hijos de nuestros compañeros de Producciones MAC TV su Canal, quienes están muy contentos de poder escucharte -.

Después de una pausa para que salude al público, la reportera continua: - Santa Claus, en esta ocasión queremos que nos diga:

¿Qué significa para Santa Claus dar un regalo en Navidad? –

La audiencia espera atenta la respuesta de Santa Claus, quien responde así: - Esta pregunta me hace pensar en lo importante que son los regalos -entonces la reportera indica al público: - Amigos, escuchen bien a Santa Claus -.   Entonces Santa Claus toma la palabra y responde: - **Dar un regalo en Navidad es recordar el regalo más maravilloso que Dios nos hace al darnos a su único Hijo para que cada uno de nosotros seamos felices.**

Dar un regalo a los demás significa: Desprendernos de nuestro amor para dar un poco a nuestro hermano -.

-Ya comprendo -, dice la reportera, y **¿por eso le gusta tanto llevar regalos? -.**

A Santa Claus le causa gracia el comentario y dice: ¡Jo! ¡Jo! ¡Jo! ¡Claro que me gusta! Pues *en cada regalo entrego un poco del amor de Jesús*. ¡Ah! pero les voy ha explicar algo: ¿Ustedes saben que hay regalos visibles?

Los regalos visibles *son esas pequeñas o grandes cajas, o bolsas, que a veces adornamos con listones, y que guardan un bonito presente para dar, pero también hay regalos invisibles -*. La entrevistadora se desconcierta y dice: - ¿Cómo es eso? ¿Regalos invisibles? ¡no entiendo! ¿regalos que no podemos ver? podría explicarnos -.

Entonces Santa Claus responde: - **Los regalos invisibles** son aquellos regalos que damos o recibimos y que no se pueden ver, como el amor de mamá y de papá, el cariño de los abuelitos, los momentos que con gusto damos a los demás; como visitar a un enfermo, dar un vaso de agua, ayudar en casa, en fin, podemos dar y recibir muchos regalos invisibles con amor -.

Al escuchar la respuesta de Santa Claus, una niña que estaba sentada entre el público invitado, como de 8 años, se levanta y sin decir nada, se acerca a Santa Claus y le muestra una hermosa caja de regalo acompañada con una bella tarjeta.

Santa Claus la observa e intenta platicar con ella diciendo: - ¡Que linda niña! Acércate -. La niña, con algo de pena, le entrega el regalo a Santa y lo abraza. Entonces Santa Claus le dice: - Gracias por el regalo – y la pequeña niña responde: - este es un regalo especial para un niño que no tenga nada. Mamá dice que *podemos encontrar un poco de alegría cuando compartimos* y yo quiero compartir este regalo con alguien más, ¿Tú sabes a quién se lo puedo regalar? -.

Todas las personas presentes en el set se quedan en silencio, mientras la reportera se emociona al ver este gesto de generosidad de parte de la niña, que no le importo interrumpir la entrevista y permitió a la niña acercarse a Santa Claus, quien le dice: - ¡Claro que sí!, tu regalo se lo podemos dar a…-, entonces el Señor voltea a ver a su secretario particular, quien de inmediato introduce su mano en el costal rojo y saca de él un rollo de fino papel y se lo acerca a Santa Claus. En este momento, la entrevistadora dice: - ¡Ahora podemos ver la libreta de Santa! -. Santa Claus sonríe y responde: - Así es, es mi libreta y este papel es especial porque cada vez que un niño grande o pequeño hace algo bueno por los demás, mi libreta brilla, pues se muestra el nombre del niño o la niña que se porta bien. Bueno, ahora vamos a revisar-. Mientras baja su mirada para ver la lista de niños en la libreta, todos están en silencio. Después, exclama: -¡Si, muy bien! - y levantando su rostro para mirar a la niña, le responde: - ¡Este regalo se lo puedo dar a...! ¡Si! se lo daré a la niña Angela. Sabes, ella es una niña de condición humilde, en su casa no hay dinero para comprar juguetes, estoy seguro que con gusto recibirá esta muñeca -.

La niña se sorprende que Santa este enterado, que lo que está adentro de la caja de regalo, sea una muñeca, y le dice abrazándolo: - ¡Gracias Santa! pero dime, ¿Cómo sabes que el regalo es una muñeca? -. La reportera agrega: - ¡Si Señor, ¿Cómo sabe que es una muñeca? - Entonces Santa Claus voltea a la cámara y dice: - ¿Por qué se sorprenden? soy Santa Claus, ¡Jo! ¡Jo! ¡Jo! -. A su respuesta, todos los presentes se ríen.

Después de la pausa, la reportera interrumpe sus pensamientos y trata de poner orden en sus ideas y dice: - ¿Escucharon amigos? Santa Claus nos explica en este tercer día de entrevista, qué **dar un regalo a los demás, significa, desprendernos de nuestro amor para dar un poco de amor a nuestro hermano.** Así también, nos ha enseñado a reconocer que hay regalos visibles; como este regalo que viene envuelto en un hermoso papel, pero también hay regalos invisibles que se envuelven con un abrazo o un beso del amor que damos. **Santa Claus hoy nos enseña que compartiendo un poco de nosotros es como verdaderamente encontraremos la felicidad.**

La reportera voltea nuevamente con Santa Claus y le dice:
- Gracias Señor por este hermoso mensaje en esta visita -.

La Srita. Adriana termina la entrevista diciendo: - Amigos, todavía nos queda pendiente una entrevista más con Santa Claus, el día de mañana aquí, en Producciones MAC TV su Canal ¡los esperamos! -

Estimado lector (a):

Tengo una divertida tarea para ti, la encontrarás en el Anexo I, página 52, Actividad V.

VI "Santa claus… en exclusiva"

"Dejar en el mundo tú mensaje de paz"

El último día de entrevista con Santa Claus ha generado mucha expectativa entre la audiencia, ya que en esta ocasión habrá público en vivo en el set de grabación.

Desde muy temprano, un gran número de niños se encuentran formados en fila, afuera de Producciones MAC TV su Canal, listos para ingresar al set de grabación. Las puertas se abren, y poco a poco ingresa cada uno de ellos presentando en la puerta su pase de entrada que les da autorización para entrar a la entrevista y ver a Santa Claus. Se puede ver lo alegres y emocionados que están junto con sus padres que los acompañan.

En la ocasión anterior, se permitió el acceso a 50 niños, casi todos hijos del personal que trabaja en la empresa, pero en esta semana, ha sido una semana de locura en las oficinas Producciones MAC TV su Canal, ya que los teléfonos no pararon de sonar, todos buscaban un pase de acceso para este evento único. Al darse cuenta de esto, el Sr. Vallejo autorizó que se otorgarán 50 pases más y así ocuparán el espacio total del set de grabación.

Mientras se permite el acomodo de todos los invitados, el Sr. Vallejo revisa el trabajo que se ha realizado durante la serie de entrevistas.

El jefe está muy contento y le dice a la Srita. Adriana: - Estaba seguro de que al escoger esta entrevista lograría el objetivo, motivar a la gente a ser mejores personas dando un sentido a su vida y esta entrevista creo que lo está logrando. Bueno, de lo que sí estoy seguro, es que este gran señor con sus sabias y sinceras respuestas, ha movido el corazón de mucha gente -.

Entonces la reportera responde: - Así es jefe, él señor es un personaje especial que nos comparte un hermoso mensaje, y con la magia de su mirada, de su voz, de su risa, nos trasmite esa bondad que ha despertado en los que escuchan, como un sentimiento de amor- y el jefe dice: - Así es señorita, ahora continuemos con la

entrevista -. Todos esperan la llegada de Santa Claus en su última visita. En el set se respira un ambiente de alegría, de tranquilidad, de emoción. De pronto, se escucha el sonido de las campanas que anuncian su llegada, ¡tin, tin, tan, tan! En este momento el público se pone de pie y brindan un gran aplauso.

El invitado entra detrás de su secretario particular, Shinny, que saluda a todos con mucho entusiasmo y llama la atención de niños y grandes.

Los invitados toman sus asientos, guardan silencio y esperan a que la entrevista comience.

La reportera dice: Producciones MAC TV su Canal, les da una cordial bienvenida Señor y agradece su visita que ha servido para recordarnos que **"es tiempo de prepararnos"** -. Santa Claus le sonríe y toma asiento.

Dirigiéndose a todos los presentes, la entrevistadora dice:
- ¡Buenos días amigos! ¡bienvenidos a este último día de entrevista con nuestro invitado especial Santa Claus! -. Mientras se escuchan los aplausos de la audiencia.

Antes de comenzar me gustaría recordar lo que San Nicolás de Bari nos ha venido a enseñar: En la primera visita al set, que debemos de **ser generosos practicando las Obras de misericordia.**

En la segunda ocasión, visitamos al Señor Nicolás en su casa, **donde nos enseñó que debemos invocar a la madre de Jesús en nuestra oración, porque solo en ella podemos encontrar la unión de nuestras familias y la tranquilidad que necesitamos para vivir en paz.**

En la tercera visita al set, **nos ha enseñado que, aprendiendo a compartir, abriremos nuestro corazón al niño Jesús que nace esta Navidad.**

La reportera continua: - Señor, me llena de alegría compartir con todos su mensaje y en esta cuarta entrevista, nos gustaría que nos explicará la siguiente pregunta del libro. **¿Qué es la Navidad? -.**

Santa Claus, guarda silencio y con su característica mirada dulce y bondadosa, logra atraer la atención de todos y en este momento y sin pestañar, pasa su mirada sobre cada uno de los presentes.

La reportera hace suyo este momento tan especial y expresa su emoción diciendo: - Al observar la mirada del invitado sobre cada uno de los presentes, solo puedo decir que esto, solo lo puede hacer Santa Claus. Se siente algo especial en el ambiente, es un momento muy significativo que quedará grabado en nuestro pensamiento. Todo él sabe hacernos sentir importantes.

Verdaderamente estamos viviendo un momento muy especial, donde éste maravilloso Señor nos hace sentir únicos. Cada uno de los que estamos aquí, o porque no, tú que nos ves en este reportaje desde casa, tal vez puedas sentir esa mirada mágica que hace parecer como si todo se detuviera y nos hace sentir que sólo estamos presentes en el set de grabación, frente a frente, tú y Santa Claus -.

La reportera pasa su mano por sus ojos, pues una qué otra lagrima ha asomado a sus ojos. Después de este dulce momento, por fin se escucha la voz de Santa Claus que nos dice: **- ¿Qué es la Navidad?** - Esa es una pregunta importante, por lo cual hay que dar una respuesta importante. Escuchen bien, **la Navidad es una fiesta universal en la que la Iglesia festeja cada año y en todo el mundo, la venida del Mesías, el hijo de Dios.**

Les voy a platicar una pequeña historia:

"Un día un ángel anunció a una joven llamada María, que Dios tenía un plan muy importante para la humanidad. Ella, era la elegida para ser la madre del Mesías. María aceptó agradecida el mandato de Dios, entonces, Dios le dio un esposo, llamado José y juntos formaron una familia a los ojos de Dios.

José y María pertenecían a Nazareth, pero tuvieron que trasladarse a Belén, tierra de Judá, para cumplir con la ley que pedía que todos los habitantes se registrarán en un padrón. Después del viaje largo y

cansado, llegaron al pequeño pueblito donde no encontraron lugar para descansar. Entonces se quedaron en una cueva donde se alimentaban animales, José y María se refugiaron ahí, y más tarde nació Jesús.

Los pastores que andaban por ahí pastoreando a sus animalitos, fueron testigos del acontecimiento.
Los reyes magos fueron guiados hasta ese lugar por una hermosa estrella y, lo confirmaron.

***Jesús vivió entre nosotros, nos enseñó a amar y nos platicó las palabras de su Padre. Es por eso, que no podemos olvidar lo que verdaderamente se festeja cada 25 de diciembre, que "El* Verbo de Dios se hizo carne y habitó entre nosotros"**

Por eso niños, no hay que olvidar que **¡Jesús, es el protagonista de la Navidad!**

Sorprendida con la respuesta, la reportera dice: - Tenemos otra pregunta para Santa Claus: ¿Cómo podemos vivir la Navidad? Santa Claus responde: - Ahora que conocen que el verdadero significado de la Navidad está en el Niño Jesús, cada uno de nosotros podemos vivir en Jesús. Ahora les explico:
*Cuando de nuestro corazón brota deseos de amar a nuestros hermanos,
*Cuando compartimos nuestra alegría,
*Cuando servimos,
*Cuando ayudamos,
*Cuando perdonamos.
Nuestro corazón está limpio y se hace grande para recibir al niño Jesús -.

Entonces la reportera dice: - Santa Claus nos ha dejado en silencio. Creo que todos tenemos muchas cosas en que pensar -, y después de una pausa, dice: - Creo que Shinny, su secretario tiene algo que decir -. Entonces el secretario se acerca a Santa Claus y le dice: - Señor, la historia de la Navidad es muy bonita y usted nos emociona tanto cuando la cuenta. ¡Mire cómo están los niños y los grandes! y pedirles que tengan limpio su corazón, es la mejor forma de vivir la Navidad.

¡Qué gran entrevista! pero señor, creo que ya es tarde, nos tenemos que retirar -. La reportera dice: - Yo también estoy emocionada al comprender verdaderamente lo que debe ser "preparar mi corazón para vivir la Navidad" -. Santa Claus toma la palabra, y dice: - Creo que todos han puesto mucha atención a mí mensaje. Lo que pasa Shinny, es que ser invitado ha explicar el significado de la Navidad, es algo muy importante para mí y me emociona mucho saber que tantas familias están preparando su hogar para recibirlo. Ahora bien, he tenido mucho gusto en estar con ustedes, pero mis deberes me obligan a retirarme.

Este tiempo es el de más trabajo para mí, pues después de revisar el comportamiento de todos ustedes, hay que avisar al niño Jesús, ¡que están listos para recibirlo!
Gracias y hasta pronto.
¡Feliz Navidad! -.

Santa Claus se levanta del sillón y se despide del público presente y de la señorita Adriana. El secretario particular, se adelanta para salir haciendo sonar la campana, ¡tin, tin, tan, tan!, mientras Santa Claus, continúa despidiéndose y camina dejando atrás el sonido de su risa, ¡Jo! ¡Jo! ¡Jo!

La reportera termina la transmisión diciendo: - Estimado público cuantas cosas hemos aprendimos en esta entrevista. Esperamos que el mensaje de San Nicolás quede guardado en el corazón de cada uno de ustedes y entre a sus hogares. Y que **la generosidad, la alegría y el vivir perdonando y sirviendo a nuestros hermanos, nos ayude a recibir al niño Jesús y le dé el ¡verdadero sentido a esta Navidad!**

A todos ustedes amigos los invitamos a tomar del Anexo de este libro las hojas de actividades y teniendo todas las actividades realizadas, puedan enviar una copia y tus comentarios a cuentosdemaggie@gmail.com para que puedan salir en el periódico especial de Santa Claus. También esperamos sus comentarios a esta lectura.

Amigos el equipo de producción de Producciones MAC TV su Canal y una servidora, nos despedimos de ustedes, deseándoles una ¡**Feliz Navidad!**

Corten y se graba -.

Estimado lector (a):

Tengo una divertida tarea para ti.

La encontrarás en el Anexo I, página 53, Actividad VI.

 VII *"Santa Claus…, en exclusiva"*

"La Reunión"

Después de pasar los días de Navidad, el equipo de trabajo se reúne para revisar los resultados del trabajo realizado y hacer nuevos planes para el año nuevo.

El jefe toma la palabra y agradece a todo el equipo por su excelente desempeño en las diferentes actividades del año terminado. Ahora el jefe hace una pausa y comenta: - A mediados del año pasado, en una plática familiar, mi hija Miranda enseñó a su hermano a tomar sus propias responsabilidades en vez de quejarse de tantos cambios que tuvimos que afrontar durante el año ante la situación que se presentó en todo el mundo por enfermedades. Recuerdo bien sus sabias palabras: - Sabes José, yo también tengo que hacer cosas diferentes, pero dice mi maestra que repelando no vamos a llegar a hacer nada, mejor pinta, graba tus canciones, **has algo que deje en el mundo algo bueno de ti,** y fue cuando dije, ella tiene toda la razón.

Esas palabras me acompañaron en el viaje que realicé a las oficinas generales y estando en el avión, yo mismo me cuestioné sobre que debía hacer para dejar un mundo mejor, y al ser un periodista, en mi posición, me sentía con una mayor responsabilidad para realizar algo importante. De ahí surgió la idea de hacer una gran exclusiva, y gracias a mi secretaria la entrevista se pudo definir y se logró.

Ahora les comparto que las oficinas generales envían una felicitación a todo el equipo distinguiendo nuestro trabajo en la próxima revista internacional -. Todos aplauden con alegría y el jefe continúa: - Aunque si les soy sincero, cuando leí la palabra "trabajo" me quedé pensando y me dije: esto no es un trabajo, porque en realidad, todo lo que hicimos para llevar el reportaje **"Santa Claus..., en exclusiva",** ha sido un honor y una forma de hacer algo para cambiar al mundo -. Después de un silencio, la señorita Adriana toma la palabra: - Me gustaría decirles que este reportaje me hizo despertar de la comodidad que tenía en mi vida, aunque estoy rodeada de personas, verdaderamente cada quien vive y hace como quiere, y me había olvidado lo hermoso que es servir, convivir, interesarme por los demás. Ahora que pasé unos días en casa de mis padres con toda la familia, reviví lo que Santa Claus me hizo recordar durante la entrevista sobre mi infancia, como, los momentos divertidos que pasé en casa de mis abuelos, el rico aroma a manzana y canela, o el chocolatito caliente que se preparaba para todo aquel que llegara a disfrutar en familia y algarabía que se hacía cada año cuando después de juntar ropa y alimentos nos dábamos a la tarea de separar y preparar paquetes para regalar a personas menos afortunadas y los momentos de oración que nos daban fuerzas para seguir adelante. Con todo esto, estoy segura de que yo puedo buscar dar un mensaje positivo a todo aquel que vea nuestros reportajes, y sé que eso lo lograré si practico las Obras de Misericordia que me ayudarán a sensibilizar mi corazón -.En seguida, el jefe del Departamento de Producción toma la palabra: - Cuando nos indicaron quien venía a la entrevista, nos sorprendimos mucho y pensamos que siendo alguien tan importante teníamos que esmerarnos para hacer nuestro trabajo, por eso hicimos el libro de preguntas. Pero nos damos cuenta que cada uno de nosotros podemos mejorar el mundo cuando hacemos con entusiasmo nuestro trabajo, y sí, como dice Adriana, practicando las Obras de misericordia para que nuestro corazón, este atento a las necesidades de los demás -. Estaba terminando de hablar cuando tocan a la puerta de la oficina y el jefe, que estaba de pie se anticipa ha abrir. Parados en la puerta estaba su familia. El jefe sorprendido, los invita a pasar. Su esposa y sus hijos saludan al personal, y algunos empleados que tenían curiosidad, conocen a su hija Miranda, quien trasmitió la idea de hacer algo mejor por el mundo. La reportera Adriana se levanta, saca del cajón de un archivero una caja y dice: - Jefe, invitamos a su familia para que compartan con usted un pequeño homenaje que todo el equipo hemos preparado. Nos llena de orgullo tenerlo como nuestro jefe. Que usted este al mando de todos estos proyectos, ha servido para que cada uno de los presentes seamos mejores personas, tanto en el aspecto laboral como en lo personal. Una de sus cualidades es saber escuchar y gracias ha ello, el mensaje de la conversación de Miranda dio vida a la idea de hacer el reportaje: **"Santa Claus…, en exclusiva"**, y eso nos ha permitido darnos cuenta que podemos hacer grandes nuestros mismos trabajos. Aquí tiene este presente- El jefe da las graciaspersonalmente a cada uno de sus compañeros y después

abre el regalo y lleva una sorpresa y exclama: - Son unas
¡campanas! como las de Santa Claus, entonces la reportera dice: -
Ahora jefe podrá tocarlas en lugar de levantar la voz -. Entonces, el
jefe responde: ¡Jo! ¡Jo! ¡Jo! -.

Fin

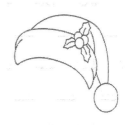

"Santa Claus..., en exclusiva"

Anexo I

ACTIVIDADES PARA REFLEXIONAR

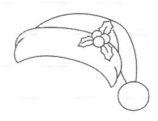

"Santa Claus…, en exclusiva"

Primer Actividad

¿Qué puedo hacer?

Esta pregunta es para ti:

(Nombre)_____

Edad: _____   **Ciudad:** _____

Anota en las siguientes líneas diferentes actividades que puedas realizar para hacer un mundo mejor.

1._____

2._____

3._____

"Santa Claus..., en exclusiva"

Segunda Actividad

¿Qué puedo hacer?

Buscar un personaje que nos ayude ha encontrar el Verdadero sentido de la Navidad"

"Santa Claus…, en exclusiva"
Tercer Actividad

GENEROSIDAD es la virtud que nos conduce a dar y a darnos a los demás; así sean bienes materiales o cualidades y talentos

La **ALEGRIA** es un estado interior el cual genera altos niveles de energía, y una poderosa disposición a servir.

Subraya que Obra de Misericordia puedes realizar en esta temporada de preparación a vivir la Navidad.

Obras de Misericordia:
1) Visitar a los enfermos
2) Dar de comer al hambriento
3) Dar de beber al sediento
4) Dar posada al peregrino
5) Vestir al desnudo
6) Visitar a los presos
7) Enterrar a los difuntos

CuentosdeMaggie

"Santa Claus…, en exclusiva"

Cuarta Actividad

"Los niños piden por la Paz del mundo"

Tener PAZ es:

*Hacer oración
*Tener armonía y bienestar emocional
*Sentirse satisfecho con uno mismo
*La unión de nuestras familias
*Es invocar a la Santísima Virgen María, Reina de la Paz

UNIDOS EN FAMILIA
rezaremos el santo ROSARIO
Como ofrenda a la Madre de
Dios.

"Santa Claus…, en exclusiva"

Quinta Actividad

¿Cuál es el VERDADERO SENTIDO DE LA NAVIDAD?

¿LOS REGALOS?

VISIBLES obsequios envueltos en lindo papel o en bolsas decoradas.

INVISIBLES los detalles que recibimos y que no se ven, como:
*el amor de papá y mamá
*el cariño de los abuelos.
*el plato de sopa caliente que alguien preparó en casa.
*los momentos que damos a los demás, como: Visitar a un enfermo, dar un vaso de agua. Ayudar en casa, jugar con mis hermanos.

Santa Claus nos enseña que:
*Dar un regalo en Navidad:
Es recordar el regalo que Dios nos hace, al darnos a su único Hijo para que seamos felices.

*Dar un regalo a los demás:
Es desprendernos de nuestro amor, para dar un poco a nuestro hermano.

"Santa Claus…, en exclusiva"

Sexta Actividad

San Nicolás ha dejado una carta para ti, lee y reflexiona.
Ahora, dejé un espacio especial para que tú le escribas algo a Santa Claus, recordando que él llevará tus pensamientos a los pies de Jesús.

Querido niño (a):

Acepte dar esta entrevista para recordar a todos el verdadero sentido de la Navidad.
La Navidad es el nacimiento del Niño Jesús, el hijo amado por Dios Padre que viene a nuestro encuentro para enseñarnos lo que es el amor.
*Solo un corazón agradecido, generoso y alegre puede seguir las enseñanzas de Jesús y ser feliz sirviendo a los demás.
*Invocar a María, la madre de Dios, la Reina de la paz nos hará tener un corazón lleno de amor y un mundo lleno de paz.
*Descubrir que Jesús el mayor regalo que hemos recibido y nos hace sentir amados por Dios.
*Pido a Dios en esta Navidad para que crezcas en amor todos los días.
 Y RECUERDA, un lindo obsequio dejaré en tu árbol de Navidad.
 ¡Jo! ¡Jo! ¡Jo!
Siempre a tu servicio,

CuentosdeMaggie

Tú amigo: _____

"Santa Claus… en exclusiva"

Actividad

Querido Santa Claus:

Me llamo: _____ y tengo _____ años

Recuerdas que en este año me porté: _____

Pero te escribo para contarte que este año:

_____

_____

_____

Gracias por todo

Tu amigo: _____

"Santa Claus…, en exclusiva"

Anexo II

Santa Claus te invita a divertirte

Jefe

Nombre: _____

PUESTO: _____

EL VIAJE DE TRABAJO

DEJAR EN EL MUNDO ALGO BUENO DE MI

¿QUE HARE?

LA NAVIDAD

¡TIN, TIN, TAN, TAN!

EL SEÑOR OBISPO NICOLAS DE BARI.

LA FAMILIA.

EL DUENDE

Ha este señor lo conocemos

como:_____.

Los renos son grandes animales que tienen astas sobre su cabeza

Santa Claus

da lectura a su período especial

FESTEJEMOS A SAN NICOLAS DE BARI EN SU ANIVERSARIO EL ___ DE _____.

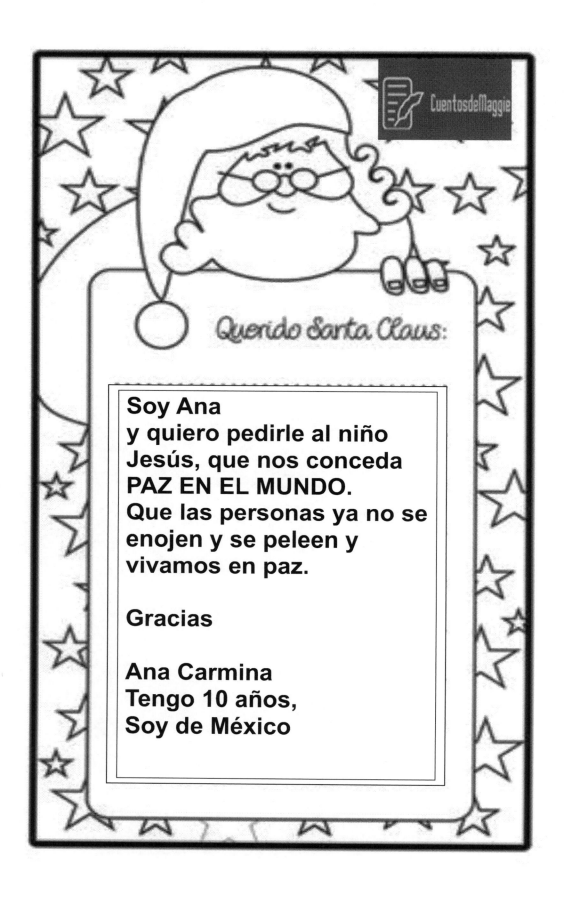

Querido Santa Claus:

Soy Ana
y quiero pedirle al niño
Jesús, que nos conceda
PAZ EN EL MUNDO.
Que las personas ya no se
enojen y se peleen y
vivamos en paz.

Gracias

Ana Carmina
Tengo 10 años,
Soy de México

CuentosdeMaggie

LA FAMILIA UNIDA POR LA ORACIÓN

Nacimiento del niño Jesús,

EL SALVADOR DEL MUNDO

BIBLIOGRAFIA

Escatholic.net

Las imágenes para este cuento se obtuvieron de páginas gratuitas como:

RincondelasMelli,com
Alamy.es
Es.123mr.com
Clipartmay.com
Clipartguide.com
Istockphoto.com
Mgegg.com
Pinterest
Es.pngtree.com
Png.wing.comg.com
JYIP

ACERCA DEL AUTOR

Margarita Adriana Castillo de Vallejo, es esposa y madre de familia. Autora mexicana con más de 20 años en cuentos que promueven la moral de vida.

Estudios de diseño de Modas. Actualmente sigue siendo cofundadora de la familia Vallejo Castillo, emprendedora y coaching de dos empresarios, sus hijos. Ha tomado diplomados de manejo del hogar, educación de los hijos, valores personales, sobre la familia, catequesis, curso intensivo de teología por cerca de diez años y cursos de Bienes raices, negocio familiar.

Formación en colegios católicos, miembro del Movimiento de Jornadas de vida cristiana, Movimiento Familiar Cristiano, realizó servicio de apostolado por 26 años para Misa con niños y apoyo al área de Catecismo, realizando escritos basados en evangelios, utilizando fábulas, historias, cuentos, etc. apoyandoce en teatro, uso de guiñol, botargas, didáctica, juegos, dinámicas, etc., todo esto para formación de niños y familias en la Parroquia de San Jerónimo en Monterrey, N.L., en Parróquia Nuestra Señora Reina de los Angeles en San Pedro Garza García, N.L.. Continúa llevando su trabajo de escritura y evangelización. Este trabajo se puede escuchar y ver, a través de Facebook, Spotify y You tube.

Made in the USA
Middletown, DE
06 November 2020